KB137114

아득한 바다, 한때

아득한 바다, 한때

이자규 시집

學而思 | 학이사

발칙하고 비린내 나는 진창의 살과 뼈
내 몸을 통과한 시를 쓰고 싶었다

구걸이고 기도이면서 私娼인 존재형식의 노래
살아 있는 쓰레기더미를 쓰고 싶었다

아무것도 아닌 것에 마음 나누고 싶은 페르세포네의 방
재활의 시를 쓰고 싶었다

2021년 봄
이자규

차례

1부 너의 마지막 입술

2부   연지 찍은 황혼이 취한 노을을 안았다

3부 꽃피어라 김밥

1
너의 마지막 입술

먼지들

여름 내내 방아잎 부침개로 더위를 이겨냈다
자주 따낸 잎들 자국이 꽃대를 세웠다

진보라 한 묶음을 한지에 싸서 선반에 두고
한 계절이 고개 돌렸다면
꽃의 시들어가는 악다구니일 터
안방 천장과 베란다 구석구석에 밴 상한 체취
무형 무색 보이지 않는 곡소리들이다
몸의 멍이 사라지면 여물어지는 속이 있다는 거지
색깔을 포기한 꽃잎이 씨앗을 잉태했다

먼지의 심장을 보고 나는 되레
청양고추와 바지락 부침개만을 떠올렸으니

향기와 색깔의 소유권만 노린 내 이목구비에
서서히 기화되는 먼지
사라진 물관의 영혼이 떠돌다 다시
돌았다

달빛 정크아트·1

바람은 그저 스쳐 갈 뿐이다
역한 핏물이 몸 밖으로 밸 때까지
부패의 꿈속으로 매몰되기까지
악취가 되기 위한 몰입이었을 팽창
터진 비닐봉지 위의 환상 같은
달빛이 찾아들었다

으슥한 뒷골목에서
살해된 식욕이
창자를 드러낸 채
쓰레기 같은 하늘을 바라보고 있다

만찬을 그리는 내일이
가끔씩 정체를 드러내며
차갑고 날카롭게 지상을 쓸고 간다
반짝이는 빌딩 숲의 뒷길을 지나다가
피투성이 된 달빛이 형이상으로
함께 쓰러진다

달빛 정크아트·2

내 본성은 어둠이다
유기견, 반려견이다
개뼈다귀 시간의 축제다

치차에서 이탈된 쇳조각아 녹이 슨 바큇살아
몽당빗자루 끝 쓸려 나간 반짝이들아

프레스기 옆에 밟히는 피스들
못대가리들을 달빛이 세우고 있다
시간의 산물은 달빛에 있다
빛을 먹은 樂아
내 머리핀과
내 브로치와
내 안경테
내게 온 선험적 탄생아

나는 달빛의 근육이다
차고 서늘한 관념이다

마스크 물고 달리는 핏자

한 번도 기록된 적 없는 공중이 신호등을 통과해 갔다
너에게 이르지 못한 내 문장
발화하지 못한 내 불씨가 입 안 가득해
길바닥은 확대되고
사거리는 편파적으로 늙었다
눈물 없이 소리 없는 울음인데 귀가 막혔다

토핑된 하늘 아래
모든 상식과 모든 눈빛을 의심하는데
가로수는 그냥 서 있다

의기투합한 불한당인데 형체가 없는데
세계에서 세계로 오가고 있다
적나라한 거리
적나라한 장례식
마스크가 받아주는 혀뿌리에 촘촘 박혀있는 모래 가시
수상한 기체 속으로 접시 찾아 달려야 하는 중생
세상의 우레가 건너오는 聖과 俗의 접경으로
누가 뭐래도 피자, 제자리를 건뎌야 삶이 된다 했다

어둠현상학

글씨를 삼키고 그림자를 삼키고 입을 막았다 막다른 골목을 벗어나려면 매우 조급해지는 날개를 기다려야 한다 잉크 덜 마른 종이 성별 따지지 않는 하마단 낙타 걸음마로 기다려야 한다

푹 자고 싶은 잠이거나 혹은 깨어 있고 싶은 의식의 혼례가 시작되는 검은 장막 자모를 잉태한 만삭으로 그 정원에 머물렀던 것 같다 납작 돌에 앉아서 돌이 된 사람의 검고 검은 세포분열이 확장되어 꼼지락거리는 무한대의 신생

산재한 조산아들의 언어들 그리고 하혈 터진 온도가 천천히 먼지를 쓸고 간다 비로소 빛을 발하는 친절한 것들에 신세 지고 싶은 현상

무릎을 세우고 젖동냥을 기다리는 낭하의 시간 무한히 큰 포대기에 싸여 훨훨 날아오르는 쪽방, 홀쭉한 뱃가죽에 꼼지락거리는 묘비명도 가능하리라

캄캄할수록 자라나는 묘혈, 그 누구도 여기를 찾지는 못할 터, 펄프 냄새와 잉크와 기저귀의 모래언덕 검푸른 언어들에 누구나 두 귀를 세워야 한다

너의 마지막 입술

사이사이에 놈이 있다 거리와 거리가 삼엄하다
인기척이 도망간 공원의 풀꽃은 물속처럼 수상쩍다
낮달의 속성과 새의 지느러미가 돌 속으로 갔다

놈은 내 낯짝 구멍마다 오타를 치고
몸 없는 발이 와 마스크 놓친 내게 와 고열로 몰아
몰아선 해저도시로 만들어 갔다

콜센터에서 밤새운 딸은 물집이 따갑고
통화 없는 아비는 뜬눈으로 기다렸다

이젠 떠나가라 제라늄 더욱 붉어지고
자전거 바퀴가 물웅덩이 치고 달리는 듯
물웅덩이가 자전거를 받아주듯
그냥 지나가라 포대기 속 아기 옹알이
너의 마지막 입술
구급차 모르는 바람 한 줄기를 잡았다

달아, 아픈 달아

숨 쉬고 싶다 달아, 밝아서 아픈 달아 병든 아기를 업고 어느 쪽으로 가야 하나
카타콤의 연속이다 오늘, 백 일째 내 폐를 노리는

그래 그렇다고 하자
박쥐를 썰어 먹고 내가, 고양이 간을 꺼내 먹고 내가, 소의 목구멍 깊숙이
호스를 디밀어 배가 팽팽하도록 물 먹인 식욕이 나의 야생일지도 몰라

달아, 코로나를 먼저 알아차린 달아
저격할 수도 도축할 수도 없는 마스크 구멍, 숨과 숨 사이를 날아
고도문명 메갈로폴리스를 갈아엎는다고?

아픈 달아,
빠르게 먹고 빠르게 차는 배부름의 이 시대에 나는 입을 가리고
인기척 없는 곳으로 갔다가
뜨겁고 말랑말랑한 지옥으로 돌아왔다

곡기 끊은 돌멩이, 홀쭉해진 휴지통을 그리며 낱말은 내 지친 언어를 가만히

풀잎에 앉혔다

여명의 저쪽 살균 처리된 하늘 아래 신인류의 뼈가 자라고 있었다

그림자 없는 거리엔 도열한 불빛들만

이 나무에서 저 나무로 왔다 갔다를 반복했다 별아 고운 달아

서술적 관능

'나 외출해요' 립스틱으로 거울에다 쓰고
맨몸으로 소나기 속 달리는 미친 여자의 피 칠갑 입술

이타를 벗어난 빙점과 비등점은 서로 닮았다

거울에 쓴 색깔과 자모의 꼬리 체를 당신은 몰라

오일장이 서는 날은 꼭 견갑골부터 신호가 왔다

빗소리는 슬그머니 허공 건반을 조율하고

살의 맛 발라 놓은 천막은 발라 먹기 전의 족발 같은 기다림
이다

거울 속으로 간 당신
돼지국밥 냄새에 작도되는 자기장의 음계를 어떻게 써야
하나 당신

분홍꽃무늬팬티를 널다가

피라미와 게가 말라붙은 하늘

소각되지 않은 완성이 오수의 부유물이 되었다

큰 거울을 사천에 놓아 태우지도 못할

마시면서 방기한 그릇이 살아있는 척
신경질환을 앓는 하늘

환전 유품이 가득한 방에서는 오니 냄새가 났다

만장 행렬 끌고 가는 꽃상여

에코의 귀와 눈이 머물다 갔다

퇴적된 가계의 모자 속엔 별 부스러기가 검게 녹슬었다
까맣게 마른 수면의 오니

병목현상에 이른 복도에
검은 나비 떼가 무수히 떠 있었다

드론시첩

온갖 것들의 밤이다 뜻밖의 질주다 도발을 꿈꾸는 비밀사
원이다 뉘 옳은 쌀뒤주 속이다 엉켜 있는 뱀들의 순례다 술래
는 길고 가느다란 붉은 뱀이다 관자놀이를 꽉 눌리는 소음이
다 공중에 엉킨 것은 눈부신 수인번호들이다 하루살이 귀신
들은 검은 옷을 걸쳤다 매캐한 소음을 흡혈하는 관능까지 좀
비가 혁명의 손을 흔들고 있다 보이지 않는 노예들

온갖 것들의 낮이다 엉켜 있는 응시다 금을 만지는 햇발이
다 피륙 벗겨진 전선이다 우리가 사랑한 비린내 흙탕물 쓰레
기에서 통곡하는 물고기들이다 굶주린 상어 시체 속 비닐들
이다 덧문을 열어줘 좀 더 빛을…… 괴테의 유언, 피어라 쌀
벌레들 심장, 산발한 철수세미의 생각과 생각이 엉킨 활자가
눈앞에서 죽었다 직선을 거절한 몸짓이 부르르 떨고 있다

흰 개를 보냈던 기억

폭설 내린다
땟거리도 없는 외딴 집에
쌀자루 메고 그가 온다

희디흰 짐승으로
할 말 스러져 빗질한 맵시가
무릎 꿇는 형상으로 그가 온다

외면의 뿌리에서 기다린 충혈
솜이불 덮어 그를 묻었다
쌀밥 짓는 침묵의 말로 그득하게

천지가 한 몸 되는 날개는 돋아
돋아서 찻잔을 식히고

제 키를 낮추던 산봉우리들마저
겹겹 사라지고 그는 쉬지 않고
흰 이를 드러내 웃고 있다

무덤은 철학가

비명에 간 비명이 비를 세웠다면 그런 증후군은 나를 해치울 것이다

천만 권의 책을 읽고 나서 저 무덤은 제 몸이 낮아졌을 것이다

슬리퍼나 비닐들이 버린 나는 헌옷 수거함 속의 나다 비는 내리고 도심 한복판의 무덤가 비석인 내가 불안하게 비스듬히 서 있다

저것은 새벽 태공들 구름과자 연신 헤아리는 동리 개구장이 놀이터, 화강암 상석에 갈긴 지린내와 꽁초의 기억으로 공중을 세웠을 터

세도가의 비문은 흐린 날씨 덕에 한껏 눈물 흘린다 오늘은 설날, 성묘 가는 모습들 아침부터 지켜보던 무덤은 마침내 소리 지른다
'차라리 이름이나 지우고 갈 일이지'
이민 간 그 자손들 저 소리 들릴까, 처연하고도 싸늘한 표정의 무덤은 꽃과 바람과 강물을 기억하고 있다

어두워지자 깊어갈수록 별들만 읽어내는 물상세계, 쌓여가
는 폐비닐 플라스틱이 함께 귀를 열었다

맛있는 말의 마구간

울창한 심사의 마구간에 사는 말은
외로운 몇 고목이 늘 서 있는 하늘만큼
눈 깜박이며 귀 열고 있다
너의 그림자가 마차를 끌고
벌건 대낮 지병을 덜커덩거릴 동안
절룩거리는 말은
검은 안장을 살며시 혀로 닦았다

내리는 눈발마저 백마의 아날로그조로 우기며 달려와선
북카페 모퉁이 말의 냄새만 번지고 있다 너는 내려치는
채찍이고 방울이다 눈에 물처럼 두근거리며 분명한 이유가
흐르고

울창한 심사의 마구간에서는 지금이라도
들이닥치는 숲속의 말 기척으로 와서
말은 사나운 바람 소리를 아작아작 되새김질하며
견고한 시간을 넘기고 있다

지금은 쪽창으로 말을 읽으며 말을 쓰며 더러는

말발굽의 질량을 만지며 또다시 쓸쓸히 시리고도 높은 지
금을

말의 안장에 모시는 일이다

야생의 분석

못난 버드나무만 베어져 둑 아래 던져졌다
십 년 후에나 읽힐 시를 쓰는 밤
돛대도 없이 삿대도 없이
버들잎들은 물 위로 떠났다

밟히면 밟힐수록 피가 도는 근성
목이 없어서 얼굴 밟히는 꽃
민들레 길 밟은 그날부터 내 목에서는
모래가 섞여 나왔다

야생동물 보호구역에서
탱탱한 쓸개를 따오는 야생의
그림자들도 있다
고성능 도시에서 기르던 늙은 고양이가
산으로 가서 돌아오지 않았다

장례식장 옆에 예식장이 새로 들어섰고
두 건물을 방문하는 꽃의 색깔은 서로 달라
생이별과 행복 세트가 나란히 살고 있다

기를 쓰고 길을 내는 사람들의 대도시란
산에서 내려온 멧돼지의 식욕 아닐까
남새밭을 헤적여 모종을 핥아먹고 사라졌다

일그러진 티브이

아마도 샹그릴라를 휘 돌았을 터, 잠결에 다 익은 상처를
긁다가 생딱지의 일그러짐, 가려운 곳을 긁으면서 코 고는 소
리 얼마나 달콤했을까

손톱 밑에 피가 고이도록 무의식이 끌어당긴 자리에 이를
앙다문 의식이 패어 있다

화면 속 탱크에 깔린 더미에서 찢어진 맨몸으로 안겨 나온
세 살 아기다 목젖이
떨고 있다 입 벌린 채 질려 있다 울다가 새파랗게 질린 화
석인 채 눈물 자국에 하얀 소금기, 그냥 축 처진 채 손아귀 안
에서 바들바들 떨기만 하는

충혈의
삼각구도에
내가 걸렸다

내가 먼저 일그러졌다 실핏줄 번지는 눈을 어쩌지 못하고
우리 모두의 것이라고 화면에서 표정관리 중인 앵커를 보았
다

2

연지 찍은 황혼이 취한 노을을 안았다

사문진, 내 어깨에 껌이

붉은 술 아껴 넘길 때마다 비릿한 서쪽이 부풀어갔다

바람자락이 억새들을 방죽으로 쓸어 뉘었을 때 연지 찍은
황혼이 취한 노을을 안았다

멀리 맨몸의 두물머리에서 낙동과 금호가 몸을 합쳤는데

물새 발자국 형상의 수면 위로 저 산과 이 강의 무궁함이
자연의 차오르고 기울어짐의 노래라서

바람 재운 물속 용이 춤을 추면 견우성과 남두성이 손짓해
선상은 이미 신선인 양 차오르는 달이라서 우리는 계수나무
노와 모란 상앗대를 잡았다

기타 퉁기는 키다리 묵객은 적벽가를 읊어대는데 우리 삶
이 그저 슬퍼하는 듯 호소하는 듯 백로가 강을 건너가는 일

피어오르는 꽃으로만 그득한 배가 단물을 씹고 있다
일몰 읽은 취기는 강기슭 휘어지는 억새들 때문 누군가 당
분 빠진 하현달을 내 어깨에 던졌다

배 후미의 푸르디푸른 숨소리 벼랑을 손바닥에 적었다

오디와 번데기의 계보학적 고찰

세상 뜬 할머니 모신 주머니를 풀었다 애개개 기껏 헝겊조각이야, 열 살 리본머리가 꼬마 주머니를 다시 걸고는 볶은 번데기를 먹었다

옹골찬 깨끼 곱솔 박음질 수의의 가윗밥들,
그의 물레와 베틀과 뽕나무밭 길 그의 영혼들을 모셔둔 오색 실 비단주머니가 공출시대를 머금고 내려다본 한참 뒤에 일

고즈넉한 저녁이면
누에방의 사각사각 빗소리는
오디를 맘껏 먹은 진보라 꿈이었으므로
어제의 어둠도 가벼워지게 했으므로

번데기를 삶아먹고 말린 누에를 갈아서 마시는 나는 할머니가 없다

허공을 경작하는 누에노동은 홀로 쓸쓸하다 몸이 점점 작아지고 주름질수록 둥글어지는 고치 방 속 고립건축으로 봉인된 우주의 방은 인간 세상을 향한 줄탁 공법을 시작했다 물

렁한 척추를 힘껏 곧추세울 때마다 더불어 사는 세상의 한때
를 방적하는 기술, 베틀을 거친 익충의 영혼은 숨 쉰다 다 짠
명주를 홍두깨에 감아 다듬이질로 밤새웠던 할머니

　비단스카프를 두르면 누에의 몸을 세상에 바치는 광시곡처
럼 부드러운 어느 손이 내 추운 목을 감싸고 있었다

물구나무

두 팔목으로 바닥을 짚어 사죄의 한 방식인 양
발바닥으로 공중을 들어 올렸다
희디흰 아이가 까르르까르르 웃는데
배턴을 받듯 입꼬리를 방긋 올리는 아비
아이 웃음 강도가 높으면 높을수록 목울대 부풀어 뜨겁다
웃음을 지탱하는 입꼬리와
목울대 사이 심오한 경계선이 있다

넘어져야 웃음이 되는 치병놀이 혀 깨물고 하다 가랑이 흔
들고 하다
  핏기 없는 발목을 장롱에 기댔다 덕장 오징어가 거꾸로 붙
었다

  일곱 해 떨어져 산 아빠의 정을 당겨보라는 담당의의 말
  소아암 2프로 명줄을 웃음이 끌고 가는 중
  웃음은 아이를 안고 꽃잠에 들었다
  모다 내 탓이다 내 다 가져갈게
  아비가 이불 뒤집어 머리를 처박고 주술을 외웠다

  아이가 원하는 건 외항선에서 돌아온 아비

아비뿐이다
잠 깬 아이가
이불 밖 둥그스름 물구나무를 보고 활짝
까르르까르르 웃었다

필름을 풀다

장롱 깊숙이에서 찬란한 수저 주머니가 나왔다
메두사의 눈을 한 붉은 여왕이다 철기시대 노인의 낡은 판도라 상자다
내 손이 붉은 화원으로 들어갔다 찔레와 동백이 서로 안고 핀 가지 끝이 떨렸다
원앙의 부리가 한 생의 전언이기에 나는 흠뻑 젖어 녹슨 영사기를 돌렸다
증조할머니가 그냥 지나쳤다
내 손바닥엔 일백 번 달이 기울고 졌을 시간

구순의 백발 소녀 앞에 무릎 꿇고 흐느꼈던 사람
암 투병 중인 팔순의 시동생이 임종을 앞두고 큰절 올리는 모습
비단에 수놓은 수젓집과 검은 사각모
배경음악이 투명하게 흔들렸다면 이것은 영화본이 맞다

한땀 한땀 꽃잎 매달 때마다 핏발 세웠을 새벽닭으로
글 읽는 보릿고개가 있었다고
손때 굳은 수틀은 제 몸이 닳아빠지도록 또 얼마나 휘청했을까,

없는 수틀 속에서 자라난 근성이 커다란 그늘을 부리고 있다
나는 지금 상영 중이다

순록이 있는 창밖

술 한 병의 노동과 구름과자가 자유였다 그의 침상에 혈압
계 살피는 발길들이 분홍 꽃병에 물을 채우고 갔다

마음관이 녹슬어 굳은 지 오래 고지혈 보일러 관 피떡이 공
사 불가능인지 오래 아껴둔 동지팥죽 그릇이 얼어 터졌다

수도관 터져 폭탄 파열을 첫새벽에 홀로 감당해 보는 맛,
얼음은 천장에 부딪치는 반작용으로 내 정수리를 때렸다 우
주로 연결된 모든 파이프의 통설이 각인되는 순간 다시 그 얼
음 알을 천천히 입에 넣었다, 뜨거웠다

옛집 행랑채 처마 밑까지 쌓아올린 장작더미, 쇠죽솥 활활
타던 아궁이에 장작을 던지듯 팥죽 없은 제단에 촛불을 올렸
다 고향 산의 구들장 들어낸 곳이 명당자리라 했다

관과 관은 피와 물의 언어라는 것 거짓으로라도
순환되어야 할 흰 털 짐승을 몰고
불빛 하나가 천천히 걸어서 갔다

암괴류 스케치

　내가 그 산에 가면 암괴류는 신이 된다 그러니까
　어느 신화가 비슬산 돌 숲으로 갔다 날지도 못하는
　키위 새도 '키위' 소리하며 종종 걸어갔다

　나, 라는 별 쓸모없는 인간 하나를 살리기 위해
　대지의 신이 낳은 산의, 숲의, 곡식의 신들 속에 아득한 미
래가 걸어왔다 너도 나왔다
　큰 바위와 작은 돌 틈의 곡선으로 파고드는 햇빛 기둥이 받
쳐주는 힘
　공중의 국가로 수천 년 숨 쉬는 돌의 이목구비다

　새와 돌의 메아리는 달구벌 이전으로 든다 나를 걷게 한다
넘기는 책장 사이로 보고 싶은 누군가가 배낭에도 기웃댄다
　글자와 나 사이
　점점 커지는 날개, 돌 속으로 걸어간 새 찾아

　'비슬' 하고 부르면 되돌아오는 비파 소리 거문고 소리로
내 다짐을 양 손바닥에 모았을 때

　비슬산에는 암괴류가 있다 먹는 키위를 모르는
　키위 새가 있다

개의 비명이 들려주는 문장

어디선가 개를 패고 있다
맨몸나무들과 괴성을 보이는 허공을 통과하느라 하늘은 또
얼마나 멍이 들었을까
공중의 내색이 추상화 기법으로 펼쳐졌다

한 광주리 개 뼈를
들키지 않게 묻어버리는 손, 핏물처럼 끈적끈적한 바람은
숲의 비밀을 싣고 뒷걸음질 따라 묻혔다

절터에 갔다가 발등만 남은 탑을 난쟁이인 내가 무엇으로
쌓아 올리나,
두 손바닥을 합치고 새끼손가락을 벌리니 내 손은 개의 두
상이 된 채 턱만 움직였다

어디서 많이 본 듯한 그 사람들보다 더
탑의 기단에서부터 끌고 가는 불탄 개털의 영혼이 먼저 갔다
탑돌이보다 더한 화두로 개 짖는 소리가 온 밤을 할퀴었다

에스프레소

　밤새도록 다툰 글씨들이 검게 뭉개져 형체를 잃어 체취조
차 써
　쓴 맛을 분석하면
　떡 쪼가리 조기 대가리 시든 사과가 문제다 주방 구석에 아
직도
　곰팡이처럼 발음하는 내가 뒹굴어 흐르는 베토벤까지

　책상에서거나 도마 따위에서 내지른 메뉴들
　낱말 구사 넘치면 말아먹는 문장이 있다

　수많은 음표와 문어들이 출렁거린다 문어를 썰어보자 수많
은 눈동자가 간질이고 있다 선율 하나가 비틀린 의자에서 떨
어졌다 먹물 방울들이 견고하게 구조물을 세운 채 있다

　현악기의 주인공은 금세 베아트리체로 바뀌었다
　검은 우물 속 요괴처럼 흐름을 건축하는 두레박 소리

　비린내와 사과 냄새가 차지하는

　나의 테이블 위에서는 시든 언어가 창밖을 노려보고 날선
운율로 난도질하는 신경질환의 검은 액체가 쏟아졌다

서랍을 열 때마다 번식하는 것들

서랍으로 그득한 내 머릿속은 먼 데를 볼 때마다 고리 하나
가 딸랑딸랑

타임터치를 켰지만 망상의 식탁이다 밥숟갈 욱여넣지 않아
도 어제 구웠던 꽁치 눈알, 헤엄쳤던 바다만큼 사방 벽으로
비린내의 근육이 살아 있다

거기에서 발화하는 시계가 있어
수많은 나와 수많은 너와 수많은 초침들로
바다를 이룬 방의 천장에는
크지 않아서 든든한
작은 불꽃이 타오른다

천장과 우레, 촛불은 촛불만으로 힘이 세다 창문 틈새 들어
온 칼바람에 꺾였다가 서기를 수차례 스스로의 층계를 밟고
지키는 스스로의 반경에서 촛불로써 또 하나의 서랍은 열린
다

너는 그냥 온도, 너는 그냥 아킬레스
너는 그냥 생선, 너는 그냥 수영복

싸늘한 밤을 씹는 하루 모래바람이 입 안으로 휘몰아쳐 왔다
서랍으로 가득한 공중을 베고 하품을 했는데 유토피아가 왔다
그러다 차츰 포근해졌다

허 씨는 매일매일

빈 박스를 접어 리어카에 집 한 채 짓고 있다
움직여야 산다는 진단을 받았다는 허 씨
초저녁잠과 새벽별이 삶의 공식이다

힘센 걸로 네모 기둥을 세우는 건 마음의 골조를 다진다는 뜻
한 치의 틈도 없이 다짐을 쟁여나간다
도매시장의 연대기적 시간에서 쏟아진 허 씨의 희망들
발바닥에 땀이 나고 새벽 국밥이 달다

둥근 지붕이 둥근 결기로 완성되어 가면
가로수 이파리들 사운거리는 인사로 푸르러지는 가슴이라
했다

그가 말하는 잉여인생이라면 지폐는 아무것도 아니라는 것

기초 다져 석 자 높이까지 올린 지붕이 그의 팔뚝 근육이다
둥근 바퀴가 지그재그 방법으로 천천히 골목을 기어나간다
사람이 사람을 맞을 때 턱의 각도를 낮추듯
수레 앞쪽을 낮추어 넓게 무게 실으면 다음 보폭이 수월해진
다는 것

경사졌던 허 씨의 길 일혼일곱 수레바퀴 길
지폐보다 높은 자기장이 허 씨를 모시고 간다

바닥은 지렁이 뇌를 가졌다

발길 없는 길에 까만 지네 형상이 천천히 움직였다 그를 목적지까지 안내해야 할 바닥은 상통하는 구조를 미리 알기에 기어서 사는 이치를 견뎌냈을 것이다

나 떠나거든, 송가를 닮은 바람이 휘청 경고를 주고 가면 소멸이라는 듯 혼의 점성으로 군데군데 깜박거리는 배밀이가 족적도 없이 허전하기는 마찬가지다

지렁이는 죽어서야 척추와 다족형을 가졌다 수만의 개미들이 교미 상태로 집결된 채 거대한 시체를 운구하는 행렬 혼연일체의 길은 오로지 한 방향이라는 것

기어서 사는 신념의 하루가 저물 무렵, 왼발 의족으로 육상선수가 된 나비가 텅 빈 운동장을 돌고 있다 날고 있다

무수한 날개들의 환한 오후가 개미집 입구를 비추고 있을 때 하늘 보고 누운 지렁이의 그 먹이 장葬 상여를 헤아려 보았다

아득한 바다, 한때

누군가 손뼉을 쳤을 때 늪에 앉은 새 떼가 일제히 날아오르는 것처럼 사찰 마당의 커다란 무쇠종이 짐승처럼 포효하자 시키지도 않은 합장을 한 귀들이 모이기 시작했다 소리가 소리에게 자근자근 먹히면서 큰북은 팔만대장경을 두드리기 시작했고 모두가 순해졌다 일몰을 들어 올리고 산사를 들어 올리고 꿈쩍없이 수많은 발길들이 잡히고 손가락 없이 달팽이관 청소가 시작되고 입술이 말랐다 그리고 산길을 잡아 앉혀 다투고 온 사람들을 달래기 시작하는데 포효 소리에 석양조차 살이 발려나갔다 그림자도 몰고 갔다 연대기적 순서에서 호명을 멈추지 않는 울림의 혓바닥이 축생의 등을 핥았다 소리는 모감주나무를 잡아놓고 그사이 은사시나무를 잡았다 몰매에 잡혀 몸 없는 것에 할퀴고 싶은 사람들, 갈치속젓 같은 극빈의 삶을 매콤짭짤하게 비비고 있었다

개는 개가 아니다

젊은 여자가 키우던 늙은 개가 강둑으로 달렸다

지난해 갑자기 남편이 세상 뜬 뒤
시름시름 허공을 짖어대기도 했던
마지막 인사라니
개 같은 날이라 하지 마라

별리의 기포는 달에서 내렸다

며칠 굶었던 개는 달 속에서 허기를 채울 양
허기라는 주인의 손등을 실컷 핥아볼 양
그 무거운 것을 감당하느라고 달빛은 죽음처럼 밝아

수상쩍은 물 위로 종이배 띄우고 싶은 여자
흐르는 물의 근성을 한사코 거슬러 가려 했던 뒤가 켕겼던지
떠내려가지 못하고 제자리서 맴도는 개의 터럭들

어처구니없게도 개는 개가 아니다

빈 구두와 날짜들

시간을 분리하다 발판을 분리하다 그림자도 따라 갔다
움푹 들어간 날짜가 제거되고 신경선을 걷었다
비는 내리고
스쳤던 등받이에 닳아빠진 낱말들
흰 유니폼들이 인공 웃음으로 지나가고
비바람은 사선이다
금속성 데이트를 등으로 새겨야 했기에
바퀴를 뜯어내는 기억을 붉은 녹이 말했다

날것들이 눈꺼풀에 날아들었다
빈 구두와 빈 모자 그리고
미소가 필수인 종양실과 바흐가 흐르는 채혈실
붉은 장미가 각혈을 부풀렸다
방천 둑 쇠비름 따위나 되어 꽉꽉 밟히고 싶은
불면 한쪽을 난도질로 쥐어뜯는다면
단풍잎 울음은 어느 휠체어에 앉히나
하늘이 낮아졌다 '당신이 밀고 내가 앉고 싶어' 내 말에
'여기까지 내 그릇인가 봐'
우북이 쌓인 말들만 난무했다

다섯 징검돌의 강물

상패, 스펙공화국으로 가던 물 돌아와 부딪쳐 흘렀을 때 비
　　로소 그 힘의 보이고 들리는 것들
문학, 가난한 노동자가 살아있는 뱀을 매달아놓고 껍질을
　　벗긴다 꿈틀거리는 토막의 붉은 살을 꼬리부터 베어
　　먹는다

시인, '퇴적암에서 자연의 이목구비를 못 찾았다면' 빈 술
　　잔에 출렁이는 별 부스러기들 하나 둘 헤아리면서

미래, 상처 난 이마에서 흐르는 액체, 아무 일도 아닌 듯 어
　　금니 깨물며 웃어야 할 온기로 쓰다
사회, '꼭 그렇다면 고향 체면 멀고 먼 골짝에 가 살아라 내
　　모다 먹여 살릴 테니' 살았고 지금은 내가 소홀했던
　　것들 챙기기 마지막이 머지 않다

3
꽃피어라 김밥

벚꽃통신

무수히, 갈채 같은 일상이 있다 내심 꽃잎처럼 만개하거나 어떤 결단으로 넘쳐났을 때 신청하는 어처구니 간병을 심폐소생실이 수락했다 그때 창밖은 벚나무가 점령, 분홍 몸서리였는데 무균실의 경계, 나무의 근성이 인공호흡기를 세웠다

쓸개와 대장이 열린 피범벅 몸체, 가축이 떠올려져 잠시 죄송했다 피 굳어서 꽉 찬 구멍과 귓속, 찜 타월로 그의 사타구니부터 닦았다 오래전 흙이 된 남동생 같은, 절벽추락택시 45세에 눈길 떼지 못하는 걸 창밖도 아는 척 꽃잎들 팽팽하고

각 장기마다 내보내는 붉은 액체호스를 달고 연옥 5단계쯤을 헤매는지 굳어 있는 사람, 링거 줄엔 벚나무의 기운인지 그 열 개의 선이 나를 부추기는데 내게 말을 걸었는데 숨죽인 핀셋으로 이목구비를 벼려나가다, 이빨들은 모다 어디 갔을까

사랑의 혁명처럼 벚꽃은 무장하고 '가족이 밖에서 지켜요 벚꽃이 만발해요 들리나요' 씨의 발가락이 움직였다 (흰 가운들이 좋아오고) '분홍 생각만 하시고 옷 입자고요, 부인이 웃고 있어요' 그의 손가락이 신호하고 나는 고양이처럼 눈에 불을 켰다

두견이를 위한 헌사

벼 이파리 색깔 꼬리로 올챙이 말아서 먹은 왕잠자리 유충이 간신히 그 보호색을 벗고 변신을 시도하면 연꽃 위에 앉은 삶 그 왕잠자리 잡아먹은 개구리의 그 종말도 지구 돌리는 길이라는 걸 알기도 전에 맹독 흐르는 이빨에 물리기도 하지 그 개구리를 통째로 삼킨 유혈목이 최후가 너와 나의 삶 아닐는지, 칼도 없이 찔렸어 낭자했지

겨우내 굶어 독 오른 이빨이 등뼈 깨부숴 삼킨 그 너구리의 각운이 너와 나에게 있다는 거, 간기가 빠져나가지 않게 살짝 삶아야 연해지는 꼬막처럼 달빛 커서만 눌러대도 뇌는 퇴화되지 않는다고 말하는 과학자 옆 별빛기행 필사했다는 소설가가 있지 몬테카를로거나 랜덤 샘플로 의식과 감정 욕구를 구워서 삶아 볶는 자리 청국장을 끓여봐 색, 향, 촉이 살아나는 불행이라니

괜찮아, 가까우면 얼마나, 그렇다고 다 꿰차고 있는 것처럼 믿었다가 차이기도 하는 완독을 찾아 적당한 시야에 빛이 들면 모든 것은 다시 반짝임의 순서대로 모순을 달게 되지 깃들다 바뀌어도 그 합슘의 빛남은 변하지 않아 바닥을 보이는 샘물이 이끼를 원하지 않듯 나에게 까마득한 미래가 왔다는 거지 너 그거 알아? 고마워

55

무아 명명법

장대비 요란합니다 세상은 마음 끓이는 솥입니다 심장은 귀를 숨겨둔 음악창고 그렇게 골목어귀 천막집 부뚜막 옆 가마솥은 우거짓국 넘치도록 합주 중입니다 다정다감 귓바퀴 넘치도록 노동부터 앉힌 솥바닥에 토란대와 잡뼈의 의미로 멀리 가려는 달팽이관 길입니다 다대기 양념 한 국자 지휘하듯 저어주면 원기왕성 하프 소리네요 호른은 물받이 끝에 있고 젖은 양말 나무라듯 애절해 타오르는 장작불 아궁이로 오케스트라 절정입니다 욱신거렸던 관절은 행방 모르고요 귀동냥 한 투발이도 먹어치워요 허기와 가뭄의 광란 속 우리 흠씬 젖어볼까요 하늘은 울대와 주름으로 사람을 작곡하니까요 그것이 모두 틀렸다 해도

옵스큐라

투명한 거룻배였다 착란바다였다 외계의 등에 업혔는데 밝은 방이었는데 그림 속이다 웃었는데 빙산의 커다란 뿌리와 물갈퀴가 파도를 갈랐다 물의 원정을 조절하는 렌즈구멍이 급속도의 비행으로 현기증을 불렀다 원형 속 사물의 충돌과 내 변신의 마지막을 암시하는 징조가 너울바다를 쪼개고 있다 아무것도 아니라고 이마를 쳤는데 흐뭇한 쇄빙선이다 볼수 없는 너, 오해는 부식되는데 구름의 가시들, 무덤을 닮았는데 하늘은 도대체 무슨 짓을 해 놓았나, 사방에서 꽃잎 뿌리며 손 내밀었다 거무튀튀한 빛의 온기 속에서 혼절했다면 뿔 돋친 산짐승이 때리고 갔다는 후문이 보였다 거꾸로 흘렀던 강의 뿌리가 엉킨 채 돛도 없이 몸속으로 들어왔다 황금의 자였는데 하늘바다에 떠 있었는데 중암암 바위였다

보헤미안나비로

신음 같은 먼지 날고 방구석은 허리가 아프다 팬티에 붙은 나비 블리저에 박힌 나비 시간이다 너의 혈관 관절로 심장으로 날게 할 수는 없을까 무한허공을 자취 없이 펄럭거리다 너 덜거리는 나비 허상은 수명이 긴 무한연상이다 출렁이는 가락으로 타고난 춤꾼이다 나비는 내게로 오는 추상화다 나비는 여린 파문으로 오직 순간에만 머물러야 할 유미주의자다 소리 없는 내 변주곡에 글자들이 환원된다 까마득한 가파름에 웅장한 교향곡을 지휘하며 벼랑에 공기 방울을 세운다 보헤미안나비는 움직이는 그림을 내 가슴에 붙이고 갔다 고립만이 가질 수 있는 내일은 내일일 뿐

무반주행성으로 나는

담벼락에 기대 그를 기다렸다

벽이 된 구조와 생태가 들려왔고 잠시 멍해졌고 내 속의 풍
화작용을 메모하다 눈이 젖어오고 돌 속으로 들었다

함박눈으로 말한다 그는 척추를 세우라 한다 그는

15도를 연주하다 파도를 잡아 앉힌다 퇴적층에 리아스식
해변이 왔다 파닥이는 물고기를 음각하는 고요한 길목이다

하얀 돌을 으깨 먹는 바다를 구겨서 주머니에 넣었다

가엽고도 가여운 그가 중풍 든 노모를 업고 들어가 물장구
치는 무늬는 돌의 어느 쪽인지 제 안의 썩고 있는 지느러미의
보검이 내 등에 꽂히는 화살 아니었을까

그는 오지 않았고 기다림의 이명은 돌의 흡반으로 갔다

함박눈이 피려는 모과꽃눈 나무에 넣어주더라도 눈물은 흘
러

요철식의 공법으로 그가 쌓고 하얗게 숨은 담벼락이라는
것 할 말 많은 실어증이다 무반주로 들려주는 행성이다

백구의 책

개나리 활짝 손짓하는 논두렁길 꽃구름도 따라왔어요 태어난 지 한 달 된 백구는 바깥세상이 알고 싶었어요 '넌아직위험해다음에가자꾸나' 짐승이나 사람이나 어미 말 안 듣긴 마찬가지 '싫어지금갈래' 달려 나가 날뛰다가 왜 논두렁 배수구관에 들어가 끼었을까요 미로 속 찾아 검은 통로 중간에서 후회했어요 어두워져 몸이 탱탱 부어오른 강아지, 소리쳐도 밖은 몰라요 목이 터져라 밤을 새고 울었지요 귀 밝은 여섯 살 아이가 혼자 놀라요 날마다 먹을 것을 놓고 갔지만 개새끼는 자꾸 커져서 터질 것 같았지요 목숨과 목숨의 연, 눈치 챈 동네 전기톱 어른이 파이프를 열었을 땐 꽃들도 활짝 피었고요 순해진 백구는 아이에게 먼저 꼬리 흔들며 따라갔지요 그 후 백구는 집 모르고 아이만 찾고요 수로관은 백구의 책이 되어 힐끔 읽히는 중입니다

방황하는 고독
— 블라디미르 쿠쉬

죽음의 의식이 액자 속으로 들어갔다

양쪽 거목의 몸통 반이 세로를 거느렸다 광합성의 나풀거리들, 고독의 크기는 가늠이 어렵지 않다 큰 덩치다운 터널에 버스가 서있다 아득한 바다 건너 원경 속을 걷기 시작하면 돛단배는 닻을 내릴 것, 작은 동산 산봉우리 두 채는 선정적이라기엔 젖무덤만큼 적막이지 않았다 나무애호가였던 그에게서 입체적 네모의 삶이 내게로 번져서 발등부터 간질거렸는데 세상 떠받친 아틀라스, 유배의 섬에 갇혀 울대 제거된 짐승으로 살았으면 어떨까, 그가 내려 보는 석쇠에 키조개를 굽는 게 아니라 바다를 옮겨왔다는 뜻이다 바다의 말이 작은 창으로 비치는 둥근 지붕, 아주 작은 집 작은방에 그가 있다 방황을 멈춘 한 시인이 오도카니 꿈꾸는 방황을 보글보글 끓였는데 요괴가 왔다

꽃피어라 김밥

마당 귀 복실 강아지 꼬리 치는 소리 내 도마질에 멍멍 장단 맞추는 당근, 시금치들 내 손길 아래 더 파래지는 소리

생부모 양부모 잃은 소년이 따뜻한 손에 이끌리어 축구단에 입문하는, 무릎보다 더 굳센 노래가 허공을 타고 내 겨드랑에 숨어있네요 그 노래에선 일 세기 지나도록 소년의 그 배냇저고리가 팔랑거리네요

길을 이기고 길을 얻으려 나는 무참히도 춥고 쓸쓸했으니

내 주방 박자에 맞춰 색동들 더 바빠요 자 우리 한 이름으로 뭉쳐볼까요 김에 붙은 티를 뗄 때마다 기다랗게 검은 생각이 토막 나고 있네요

무자식 독거 할배가 개를 바라보고 앉아 김밥을 드시고 있네요 가지런 틀니 사이 뽀드득 뽀드득 축구공 굴리듯 웃으시고 있네요

바늘겨레

작대기바늘이 돗자리를 먹고 있다 공주의 덧신을 해치운 돗바늘군은 이불홑청을 먹어치웠고 다른 장군이 수실에 이끌려왔고 알바늘이 도착했다 사물과 생각들이 서열에 충실하고 지령이 제각각인 조직은 침묵에 팔 없는 접영을 했다 큰바늘군은 왕의 보료를 횡단하다 허리가 휘어졌다 하고 수바늘군은 목단 꽃에 들다 봉황에 잡힐 뻔했다고 뒤엉킨 수실을 풀었다 허공을 지휘하는 긴장으로 찔리지 않을 공중이 피 흘리고 있다

노쇠한 동료가 발을 잃고 실밥만 물고 왔다 또 한 바늘군은 깔깔이실과 싸우다 귀 눈 떨어져 나가 드러누웠다 찬란한 소명들 밝히는 반짇고리 우주 안이다 창자 드러낸 복부를 어느 장군이 꿰매자 동료가 와서 검은 입을 꿰맸다 씨실 날실 스크럼으로 구멍 난 조직을 한 방에 벼리었으니 한겨레에서 한땀 한땀 기워내야 할 삶이라면 쇠바늘방석부터 챙겨야 할 일 새로 24조의 한 쌈지가 조용히 투입되었다

들키지 않게 또 보다

짐승의 아가리 속 같은 연옥도 아닌
뿌연 증기 속
내 옆 그녀의 몸 문신만 보인다

발등에서부터 어깨에 이르러 내 눈길 끄는 뱀, 검은 뱀이
진땀 흘린다
뱀 대가리에서 사선으로 한 뼘쯤에 봉긋한 가슴의 건포도
가 긴장한다
그 구심점에서 벼리며 살을 잡아당기는 흉터가 진한 부채
꼴로 굳어있다
얼굴 모르고 한참을 허기진 안개, 마침내 나의 선입견은 사
우나 천장으로 가서 추락사되었다
그랬다 나도 함부로 날아오는 사랑을 등으로 받아 떨어진
칼에 엎어진 적 있었다 쏟아낸 피를 핥으며 정면으로 다가온
하늘에 소리도 없이 짖어댄 적 있었다

아기가 웃고 있었네 환장할 낮달
젖니가 자라나는 다짐 속의 환한 옹알이

한때 뱀을 의지해 청춘을 구가했을 것이다 그녀는,

뱀으로 인해 몸 전체가 화끈거렸을 것이다

그 누구도 다가오지 못할 만큼 어마무시한 뱀을

척후병처럼 새겨 모시고 약해빠진 그녀는 살갗을 다스리다

칼을 가는 떨림으로 침묵했을 것이다 숫돌처럼

아이는 커가고 흉터는 아무렇지도 않게 순해졌다

그때 내 뱃가죽은 가려움증으로 부풀어 올라 붉게 성났던,

거대한 지네였다가 기억을 잃고 형체조차 쇠잔해졌다 몰약

같은 세월, 홀랑 벗은 채 홀랑 비워지는 순간,

아무도 모르게 자꾸만 그녀를 쳐다보게 했다. 그녀 목의 젖

은 수건을 물끄러미 바라보는 내 수건, 울음이 노래라고?

이미 터뜨린 눈물은 꽃핀 뒤의 일이다 지나간 것은 중세도

시의 검은 문처럼 시간 밖에서 젖 달라고 흐느낄 뿐

너는 해파리일까 달일까

해를 삼키고 서서히 검은 소리가 보였다 골목길이 잠기기 시작하면 엉금엉금 치부를 드러내는 기류가 흘렀다

도심지에 검은 물이 들기 시작하면 일하던 사람들은 아무도 없을 테니 홀로 흐느끼기 딱 좋을 때니 그럴 테니 정체 없는 가치와 질량이 사라졌다

검은 바다를 지치도록 헤엄쳐 온 어느 바람이 얼굴에만 물을 실어다 날랐다

범벅으로 흘러내린다면 이 한 번의 오열로 나는 내게서 내몰린 오해들을 이마까지 펴 발라야지 비워내야지 달이 해파리로 보이는 내연을 기다려 그럴 수만 있다면 쪽배를 띄울 수만 있다면 내 안의 모든 문을 부수고 네게 갈 것이다

그랬다 새끼를 보내고 불어터진 젖무덤을 기저귀 찢어 꽁꽁 묶고 그때 나는 하혈의 절벽을 깨물고 있었다

닻을 기다리는 섬에 닿아 쪽창이 있어야 할 자리에 상현달인 듯 어린 달빛을 거느리고 아플 것이다 해파리들이 돌을 쌓고 달이 필 것이다 둥둥

그와 쇼난 바닷가를 걸었다

　어느 새벽에 그가 불렀네 백 살 넘은 기차에 기대어 느러터지고 싶었네 비가 내리겠고 보드라운 보슬비로 내 속의 악기와 음계가 긴장했네 느릿느릿 기차가 부려놓은 역에서 먼저 두 팔 벌리고 달려드는 해변의 카프카를 만났네 제 안의 우물에 들어가서 180일간 건져 올렸다는 흥미롭고 불가사의한 바람이 불었네 신발 밑에는 모든 생명과 모든 개별에 대한 모래가 반짝임을 멈추고 생각에 젖어 있네 삼각파도 속 비상의 한계가 저항언어의 혓바닥이었다면 비밀한 끄덕거림으로 발등까지 올라앉은 모래는 건조했던 내 심장이었네 태엽 감은 새가 내 어깨에 앉았네 차별화된 물결이 태엽을 풀어 노르웨이 숲을 연주했네 거쳐야 할 암울했던 터널을 지나보네 허무와 상실을 으깨먹었던 맛을 기억하네 그때 우주가 와 닿은 수평선을 잠시 어루만지기도 했네 잠깐의 하품은 실은 내 스스로 손톱을 세우는 괴기와 기우였네 몸이 없는 그가 숨 막히도록 바짝 붙어 걸었네 그는 새로운 것을 두려움 없이 받아들이는 다이내믹함이라고 했네 그 후의 철저한 나사 조임이라 했네 흰 셔츠와 터틀넥의 스웨터가 어울리는 그가 친절하고 예리한 리듬으로 말했네 우리는 해변가를 한참 걸었네 오두막 판잣집에서 아오야마 커피 향에 들었네 어둠이 물체를 죽이고 내 안을 밝히고 있었네

붉은 원근법

이것으로 나는 생계를 이어 간다
사라진 영혼들 암묵적 계시다 애오라지 사랑은 붉을 것이
다
우레 붉게 불타는 붉은 깃발이다

어린 태양 어쩌지 못해 떨고 있는 꿩의 다리 꽃이라니

얼마만큼의 붉음이 붉음을 삼키고 붉은 구름이 붉은 살덩
이고 붉은 달빛 아래 붉은 토끼와 붉은 여우는 붉은 동굴에서
붉은 문틈 붉은 공포를 만나기도

잡초를 뽑다가 이런 날이면

붉은부채꽃 피고 붉은강에 붉은물고기와 붉은물뱀이 붉은
회화나무 아래
사랑을 나누고 붉은넝쿨의 붉은종말론 후 붉은종소리 울
렸다

다시 태어나 볼까 혼잣말하는 정오

달과 여우 나무와 물고기가 꼬리쳤다 목 타는 내구성과 인
장력과도 뗄 수 없는 비유라서 서로 뺨을 맞대듯 이 시점에
수십 권의 네가 붉은 원근법으로 다가왔다

이럴 땐 네가 보여

사과와 칼은 한 접시에 있다

사과의 반대편을 생각하다가
성급하게 칼을 꽂았다

과격을 받은 쪽이 피 냄새로 응답하다
쟁여온 내공으로 맞서자는 듯

깎여 나갈수록 진면목을 본다면
타의로 인한 변색을 지켜볼 일이다

그래도 아니다 벙어리 몸 돌리는 너와
둥글게 갇히는 껍질 속의 나

돌린 등 의심하다 손이 손을 저질렀다
핏방울 온도를 다 알아채는

둥근 곡선의 띠가
둥근 회합을 기다리고 있을 때

4
불굴의 그늘이 될 귀환이므로

벌레잡이 제비꽃

일이 손에 안 잡히는 날은 고개를 떨어트리기도 해
흙에 딱 붙어 동전 크기 존재가 머리카락 줄기로 꽃 피우는
삶의 이치

옥수수염차 한 잔에 천천히 빠져본다
노랗고 구수하다는 건 지극한 음양이라고 끄덕거리다
옥수수파티 하자요, 무거운 혼잣말에 가위눌린 채 통속적
진화를 꿈꾸기도 해
찐 옥수수와 옥수수제비
뻥튀기와 옥수수막걸리
옥수수빵과 옥수수샐러드
매혹이란 저마다 제 운명을 꽃피우는 데 있다면
밭두렁 옥수수 그 큰 잎이 고추나무 유해충을 호리는 일이다
물에 녹는 옥수수플라스틱이 세상을 덮친다면
나의 문장을 옥수수엿처럼 고는 것이다

옥수숫대 몸통 마디마다 단물이 쟁여졌다는 걸 알아
비바람 몰아치는 날일수록 사상의 외피가 부풀어 올랐다는
본성이었으니

벌레 잡는 제비꽃 위
진딧물이 하늘을 들어 올린 채 날고 있다

찻잔

내 갈비뼈 구석엔 너라는 돌이 살고 있다 시궁창이나 은하계 운석이나 그곳이 얼마나 시린 곳인지 너의 심장을 받아 적은 새벽까지, 돌의 피처럼 흐르는 뜨거운 것에서 싹이 자라고 그때 우주가 뒤집어졌을 때

상한 강물과 텅 빈 들판의 빈 생가

불더미에서 살아남았다지만 돌의 견고한 표정이 네 속이었다는 거지 화기에 싸여 흐느꼈을 결기가 눈뜬 거미줄처럼 이어졌다는 거지 너의 말 없음이 거미의 씨방이었으므로 나는 상실의 각다귀로, 너를 위해

바람 불고 서까래 흔들리는 나의 하늘 아래 그 아득한 유목지에는 너라는 바위가 물무늬로 걸어왔다

늙고 푸른 재봉틀 이야기

강아지처럼 생긴 턱 밑으로 노루발 사이 헛바늘이 돋았다
구어체 소리로 시작하면 북실은 문어체로 가는 작법
  구십 된 틀 바퀴가 돌고 있다
  그의 짝이 된 여자, 죽은 나무 등걸 같은 손등 살가죽엔 심
줄이 푸르러 일 획의 꼬리가 눈을 떴다
  화조의 배치에서 노루가 뛰는 보폭, 의미의 분절 회절이 누
벼진다는 것
  십만 번 심장이 뛰는 하루에서 사랑을 발견하라고 불끈거
리는 심줄, 인생은 카푸치노라 했다

  문필가 당신을 꿈꾸다 다시 목마를 탄 시인의 그림이다 그
의 영혼을 연속무늬로 박아나가기 전의 허기진 시간이다
  턱이 꼭 두꺼비 울음주머니 같아, 그렇다면 곱창찌개를 먹
나 대창을 구워 먹나

  2억 길이 핏줄이 태양까지 두 번 박아낼 동안 한 잔의 커피
가 몸 안의 지중해를 일으켰다 어질머리 뒤틀린 비문의 여자,
싱거의 입맞춤 같았다

하모노그래프

어린 날, 그네에 매달려서 높이높이 매달렸던 적 있다 줄을
더 높게 매달다가 나무에서 떨어졌다 울다 웃다 계단에서 눈
밭에서 넘어지다 미끄러지고

욕망이라는 냄비 태우다 날리고 뜬구름을 숭숭 썰어 보글
보글 끓이고픈 날에 4층 창 앞, 허리춤을 둔 햇살, 빈 악보 들
여다볼 즈음이면 나목 잔가지마다 박새들 달고 팽팽해지는
음률

한 멜로디와 한 도형을 끌고 심연의 느티나무지기

내가 먼저 어두워지고 싶었을 때
새들과 바람을 이불 덮어주고 먼저 먹물 파노라마를 펼치
는 수묵화, 세세한 언어들

눈보라의 자정 너머까지 내가 불 밝히는 시간이면 흰 두루
마기 입고 백야참선에 드는 이, 그의 겨드랑에 매달려 날아오
르다 그냥 칭얼대면 다 받아줄 것 같은,

전복된 과거가 늙은 지기의 등에 업혔다 발 없는 어둠이 그
네를 타고 올랐다

낙엽

아름다운 최후를 위해 살았다
푸른 의지로 열렬히 나부꼈다
단풍으로 뜨거웠던 노후가 생의 절정이라서
흙에 들어야 할 노래가 흙의 색깔로 천천히
바람이 분다
나무의 사지가 비틀릴수록 그의 내생은 깊어서
가느다란 잎맥이 마지막 입맞춤을 불렀다
가끔 폭설과 함께 자지러지는 울음소리도 새겨졌다

미명을 사르던 가지 끝
지난 해 보낸 제 분신들을 알고 있는
인지의 나무

땅에 닿는 순간까지 푸르렀던 의미
모든 것은 기억의 뼈대로 키가 큰다
낙엽의 주검은
불굴의 그늘이 될 귀환이므로
겨울새 하나 둘 가지에 열리기 시작했다

완전한 사건

수상한 기미가 맴돌았다

묻어둔 독을 파내야 하나

베란다 구석의 푸른 실 같은 기척에
소스라쳤더니
지난해의 병증이 새로 도졌다

비워두었던 부모님 집에 갔다
대문 걸고 자물통 채웠건만

또다시 보아야 하는 너 결단코
비집고 쳐들어와서
온 마당을 점령하고도 모자라

가슴팍까지 파고드는 시퍼런 너
막돼먹은 봄, 봄아

안개지형도

보슬비 맞으며 걸어보면 안다

새벽 3시에서 8시까지 아르바이트 뛰기
그즈음 나에게 다가온 빛에 대한 광학적 측면이다
분칠 지우고 맨얼굴 심장이라도 열어볼까나

간지럼은 내리고

실오라기 형상이 입이고 혓바닥인 것
침묵의 소란에 처박힌 나를 구조한 건 공중이다
발버둥치지 않는 못하는, 집중치료실 내부
피를 많이 보는 날엔 끼니 찾는 것도 놓치고 싶어
포로처럼 아군처럼
눈썹이 길면, 맺혀 눈물방울이 커지듯
모래와 바람이 뒤섞인 마음의 오지라고 썼다

너와 나의 갈구기 끝에 새겨진 눈에
물처럼 해 뜨는 언어들
보슬비 맞으며 걸어보면 안다

유리벽 에세이

내가 강을 말하면 그는 산을 말한다 그가 창문을 열면 나는 긴팔 옷을 걸쳤다

침묵과 침묵은 서로 꼬리 흔든다
소원해졌을 때 그가 색소폰을 불고 나면 나는 유행가를 들었다

무인도와 협곡으로 갔다가 돌아오는 길 그는 나 내가 그여서 한 접시의 푸성귀와 생갈치에 뿌리는 양념소금처럼 등 돌리며 다시 스쳤다

폰에 저장된 그의 관악기 부는 서양음악 두 귀를 막다가 폰 휴지통으로 보낸 뒤 아우성치는 한 여운을 읽고 있다

끼니 없는 추억을 들으며 내가 냄비 소리 냈을 때 그는 이부자리를 깔았다

유리벽의 안과 밖은 서로를 견디고 견뎌낸 온도 차이일 뿐 아무 일도 아닌 듯 그가 웃었을 때 나는 눈물이 났다

못 위에 새를 보며 그는 오고 있다 하고 나는 가고 있다 했
다

술 익는 소리가 내 귀를 달라 했다

극지의 쇄골에서 탄생하는 목청이 있다
최선의 꼭짓점에서 발화되는 무위가 허공의 늑막 속으로
걸어갔다

너희들이 뜨겁게 끓어오르는 바깥에서 나는 나의 분쇄기로
내 사랑 원형질 분리를 가동했으니

항아리 속 노래처럼 진심을 다해 사랑하지 않았다
먼 곳의 뱃멀미를 만지는 사람아 쓸쓸했으므로 달이 밝았
다 창이 나도록 뜯어 발기는 바람의 기득권이라니 거세당하
고 울대 제거된 개같이 나는 온순해지기 시작했다 소리에 향
기를 보태서 보내는 심사를 알 것도 같아, 지금은 내 눈을 반
지처럼 끼고 있었던 당신의 잔을 멀리하는 일, 영양제가 꽂힌
화분의 호들갑스레 피는 꽃이 미워졌다

심장과 심장끼리 한 항아리에서 살 헐리는 연마를 거친다
면, 하나의 이름으로 된다면, 나는 너에게 취하고야 말 일

사람아, 연연해하지 않았으므로
모든 것이 지나가고 모든 것은 오고 있다 섬과 섬을 앉혀 지
금은 누룩 술독을 풀어서 체에 내려야 할 때이다

나는 SOUL이다
— 덤프에게

나는 자주 이탈된다 천육백 폐활량으론 턱없는 호흡곤란에 빠졌을 때에도 달리고 싶다 이름은 다소 버거웠으나 이름표 값에 정성을 다하려 한다

영혼 없이 가출하는 날이 있지 가끔 여름밤 말 없는 달을 옆자리에 모시고 울부짖는 소나기 속에 마음을 기댄 죄를 호되게 받아 외출금지령에 맞아 머리뚜껑이 깨졌다

왜 그립지 않겠어 나만의 아방궁, 눈앞을 얼음으로 덮은 날의 맛을 다 말 못 하지 다만 노숙해야 하는 자성, 덩치 큰 너의 발밑에라도 들 수 있다면 무릎 꿇어야지 홀가분 뒤엔 무거운 자존도 있어

눈 내리는 날의 감성이 문제긴 해 꽁무니 화끈토록 따라붙는 놀림도 약으로 볼밖에 노구의 두 눈은 말짱하니 이게 어딘가 비켜가는 공부 불공평을 공평하게 만드니

삶의 빠른 유턴은 자신을 뒤돌아보는 재검진이다 긁히고 찍혀 흉한 상처는 아무것도 아니다 아슬아슬한 심줄 관절은 천천히 가야 잘 보인다는 것 처음부터 알았으니 네게, 아무에게도 부담 없도록

새와 나

차바퀴가 새를 뭉갰다 한쪽 다리가 부르르 떨렸다
핏물에서 종종 뛰는 단짝 새의 눈에
뭉개진 새의 붉은 눈알이 안겼다
새를 빙빙 돌게 했던 동공 닫히고도
못 떠나는 외톨이

허접할수록 살아 숨 쉬는 지상의 노래
날아올라야 할 새들의 길은 어디쯤인가

내뿜는 바퀴짐승의 뿌연 괴성은 칼날보다 더해
할딱거리는 새소리까지 훅 멱살 잡혔을 뿐 다시
죽은 새를 뭉개고 구급차가 잡아먹을 듯 지나갔다

화폭을 실어 나르는 풍경의 날개들이
한꺼번에 짓눌렸다

이 드릴 좀 뽑아줘
오가도 못하고 새 떼에 갇혀서
생살 뜯기는 인간

날 좀 안아줘

커튼자락의 희미한 장미꽃은 앞니가 빠졌다
이 앙다물고 지켜본 신음 때문이다

주인 떠난 지 오래 나그네 홀로 다녀간 지 오래
세상의 흉터 안으로 한참을 들어갔다

붉은 눈물 흘리며 기우뚱해지는 달빛
길 없는 맹지에 컨테이너 한 채
오가도 못하고 잔설을 이고 비명 내지르는 모습
또 하나의 내가 녹슬어 무너졌다
세상의 모든 이유들이 모여
밀실처럼 엄숙했을 유리문에 무수한 글자들
도심지 어느 유랑의 음유시가 아닌지

척추부터 썩기 시작한 내장의 하얗게 지샐
밤이라면 주검에 들어가 누워 본다는 것
날 좀 안아줘
산중의 빈집은 영성적으로 다가서야 했다
몸 삭을수록 붉어지는 한을 달빛이 달래고 있었다

바늘구멍 풍경으로 보는 낙타 몰기

아기가 아기를 낳고 사라진 날 사막이 시작되고 편서풍이
불었다
만져본 적 없는 하늘 천천히 너의 상형문자 그리는 허공
비탈이 너무 많은 검은 구멍으로 들어갔다 낙타의 등이나
짐승 뿔에 새겨진
내가 가본 적 없는 풍경, 풀 한 포기 없는 척박의 풍경, 나
는 무턱대고
바오밥나무를 기다렸다

가지마다 투명한 심장들을 내걸었다
너를 위하여
우리들 신발이나 모자 같은 형상들

어제 숨은 바람이 그제를 숨기고 오늘을 따라왔으니 모르
는 척 안아 주려고
나무둥치에는 빽빽한 우리만 표면균열 되었다

하늘문 밖으로 드러내는 숨결 너를 위하여 죽어가는 계절
풍이 있었으니

심안心眼이 어느 심안深眼을 수습하고 있었으니

검은 구멍을 통과하는 저기, 낙타가 몰려온다

버펄로에서 버펄로 윙을
— 나이아가라

북뉴욕에서 출발하는 도로가 내 머릿속 계단을 넓혀 갔다
　운전하는 양팔은 벌판처럼 한가했으므로
　군데군데 작은 둠벙이 순한 짐승의 눈빛으로 구름을 이양
했다

　잔솔 몰아낸 황야가 내게 쓸쓸한 볼펜을 쥐여주는데 유행
병이 먼저 엄습할 긴장이다

　고향 잔칫날 닭 부산물 한 삼태기 내다 버릴 마음의 허공
밟고 오는 눈발이다
　닭장 속 횃대를 감고 있는 갈퀴로 수없이 홰치는 닭털 소리
다 신산하게 수신되는
　무지개다리 아래 흐르는 나이아가라는 나이 새김질이다
　버펄로 촌 동네에서 내 모든 날개들을 호명했다 해치웠다

　이리처럼 뼈만 추스르는데 뼈다귀 속 공간들
　골방신축 공사다 저작운동에 몰두하는 동안 내 의고주의는
사라졌다

　뼈와 뼈 사이 폭포를 이룬 문자들이 하나둘 허공으로 가 부

서졌다
　사진에도 못 들어오는 무지개만 무성했으니
　발아래 난폭한 언어들이 고였다

일인용 집

심폐소생술로 나이를 바꾼 집, 장루가 주인인 집, 어느 날
개복한 채로 각 방마다 발전기를 달고 보름을 가동시켰던 집

운전대 잡은 선글라스가 반짝하더니 상대온천으로 사라졌
는데
낡은 몸 천장에 물소리가 심심찮았는데 욕실바닥엔 후각의
기체로 다양해서 구름 속 熱河였는데 주방은 뭔가 웅크린 자
세들인데
사물은 또 얼마나 떠들어 댔던 것일까

빈 소주병이나 담배꽁초 같은 존재들의 환유 또는 초인종
의 세계에서 퇴근하면
시선을 거둬야 할 적賊수도 아닌 모자와 골프채, 기타와 하
모니카가 있는 액자 속을 폭동이라고 하면 내 나쁜 혀가 쥐라
기 공원을 말아 넘긴다면
위장된 곡선 몇 개 아주 객관적 몽환이라면 내 위장은 잡탕
국밥으로 족하다

소리가 소리를 듣는 듯 소화기를 탕탕 쳐보기도 하면서 울
음도 웃음도 아닌 네발짐승을 흉내 내다 그러구러 신경통로

에 닿는다는 것, 빛과 어둠은 서로 원전이고 네거필름이다
한 지난하고 무수한 것들의 일인용 집은

달빛, 십 년 후에나 읽힐

김상환시인, 문학박사

자규와 고묘高妙

두견과에 속하는 자규子規는 숲속에서 울지 않으면 그 존재를 확인하기 어렵다. 이자규의 이번 시집『아득한 바다, 한때』는『돌과 나비』(서정시학, 2015) 이후 육 년 만의 울음이다. 그 울음의 빛과 소리, 향기와 색채는 실로 고유한 데가 있다. 시집 원고를 손에 들고 나는 집 부근에 위치한 구룡산 옛숲에 든다. 전망대에 올라 굽어보니 금호강이 흐르고, 치켜드니 팔공산이 한눈에 펼쳐진다. 한때 아양

음사峨洋吟社가 있었던 아양루가 예서 멀지 않다. 목조 계단을 내려가면 검은 대리석으로 된 원판에 별자리가 음각되어 있다. 원판 둘레에는 부조된 십이지지十二地支 신상이 있다. 아래로 몇 걸음 더 옮기게 되면 거기, 천부경天符經이 있다. 때마침 아침 해가 떠오른다. 나는 비문을 소리내어 읽으며 일묘연(一妙衍, 하나가 신묘하게 펼쳐지다)이란 구절에 시선이 멎는다. 우주라는 하나의 꽃이 피어난다는 것, 그 과정과 실재란 어떤 과학이나 철학으로도 해명할 수 없는, 어둠의 빛이다. 생명의, 시의 비밀이다. 하나는 시작되었으나 시작되지 않은 시무시始無始 닫힌 열림이다. 새로운 하나인 시는 "언어와 인카네이션적 일치"로서 이음[Fugung]의 승화된 국면이다. 그런 점에서 시는 앎과 느낌의 한 방법이다. 내가 아는 이자규 시인은 달빛같이 서늘하고 고묘高妙한 사람이다. 아담한 모습에 날카로운 입술, 눈이 빛나는 그녀는 의외의 패션 감각을 지니고 있다. 언제 어디서나 인정이 많고 분위기를 주도하며, 딴은 시와 인접예술에 남다른 관심이 있다. 차갑고도 신중한 그녀에겐 하나에 대한, 시와 삶에 대한 간절한 목마름이 있다. '순록이 있는 창밖'의 풍경이 그중 하나이다. 이 경우 창밖의 풍경은 "우주로 연결된 모든 파이프의 통설이 각인되는 순간 다시 그 얼음 알을 천천히 입에 넣었다, 뜨거웠다"에서 보듯이, 죽음과 생명이 공존하는 지점 내지는 시간의 심리적 기원이다. "옛집 행랑채 담벼락까지 쌓아 올린 장작더미, 쇠죽솥 활활 타던 아궁이에 장작을 던지듯 팥죽 없은 제단에 촛불을 올렸다 고향 산의 구들장 들어낸 곳이 명당자리"(「순록이 있는 창밖」)라면, 이는 전리田里에 대한 기억이기도 하다. 이제 마음의 순록을 찾아, 시인의 내면을 찾아 그 여정을 떠나 보기로 한다.

냉정과 열정의 시인 이자규와 만난 지도 어느덧 이십수 년이다. 나는 그녀의 인간과 문학에 홀릭holic이 되어 있다. 이자규는 기왕에 두 권의 시집을 펴냈다. 『우물치는 여자』(황금알, 2008)와 『돌과 나비』(서정시학, 2015)가 그것이다. 어떤 이는 거기서 허무를 읽고 가고, 어떤 이는 서늘한 기운을 읽고 가며, 또 어떤 이는 매운 암유暗喩를 읽고 갔다. 그녀의 "본성은 어둠이다"(「달빛 정크아트 2」). "온갖 것들의 밤"(「드론시첩」)이다. 개성과 개인적 상징이 유달리 강하고, 의식의 저변엔 도저한 정신과 "난폭한 언어들"(「버펄로에서 버펄로웡을 -나이아가라-」)로서 "시리고도 높은 지금을 말의 안장에 모시"(「맛있는 말의 마구간」)고 있다. 무한의 상상과 에너지, 이자규의 시에서 어둠과 밤은 깊이라는 존재이며, 하나의 구멍 "검은 구멍을 통과하는 저기"

(「바늘구멍 풍경으로 보는 낙타 몰기」)이다. "聖과 俗의 접경"(「마스크 물고 달리는 핏자」)이다. 여기에는 양자를 잇는 아픔과 찢음이 있다. "검은 존재가 환해지는 한순간이 시적 순간"이라면, "빛과 어둠은 서로 원전이고 네거필름"(「일인용 집」)이다. 시인이 편애하는 이미지로서 달빛에는 순간의 영원과 아우라가 있다. '달빛 정크아트', '오디와 번데기의 계보학적 고찰', '바닥은 지렁이 뇌를 가졌다', '서술적 관능', '야생의 분석', '무덤은 철학가', '무반주행성으로 나는', '술 익는 소리가 내 귀를 달라 했다' 등의 시제를 보면 시인만의 독창적인 언어와 문법, 사유와 상상으로서 시적인 것을 발견할 수 있다.

어둠의 현상학

언제나 그렇듯, "세상은 마음 끓이는 솥"(「무아 명명법」)이 아니던가. 이자규의 시에는 심연처럼 어둠이 가로 놓여 있다. 이는 "절벽추락택시"(「벚꽃통신」), "무자식 독거 할배"(「꽃피어라 김밥」), 검은 뱀을 문신한 여자(「들키지 않게 또 보다」), "개구리를 통채로 삼킨 유혈목"(「두견이를 위한 헌사」), 사지가 비틀린 나무(「낙엽」), 구십 년 된 재봉틀(「늙고

푸른 재봉틀 이야기」), 중풍 든 노모(「무반주행성으로 나는」), 차바퀴에 한쪽 다리가 뭉개진 새(「새와 나」), "검은 구멍을 통과하는" 낙타(「바늘구멍 풍경으로 보는 낙타 몰기」), "길 없는 맹지에 (놓여 있는) 컨테이너 한 채"(「날 좀 안아줘」), "허공을 경작하는 누에"(「오디와 번데기의 계보학적 고찰」), 소아암에 걸린 아이(「물구나무」), "암 투병 중인 팔순의 시동생"(「필름을 풀다」), 개의 비명이 들리는 산사(「개의 비명이 들리는 문장」), "빈 박스를 접어 리어카에 (집을) 짓고 있는" 허 씨(「허 씨는 매일매일」), 지난해 남편이 갑작스레 세상을 뜬 젊은 여자(「개는 개가 아니다」), 폭설이 내리는 날 흰 이를 드러내 웃으며 죽어간 개(「흰 개를 보냈던 기억」), "유배의 섬에 갇혀 울대 제거된 짐승"(「방황하는 고독-블라디미르 쿠쉬」), 그리고 먼지, 피투성이의 달빛, 쓰레기 같은 하늘 등속의 이미지가 잘 말해준다. 이자규에게 시를 쓴다는 것은 무엇인가? 다음 시를 보자.

글씨를 삼키고 그림자를 삼키고 입을 막았다 막다른 골목을 벗어나려면 매우 조급해지는 날개를 기다려야 한다 잉크 덜 마른 종이 성별 따지지 않는 하마단 낙타 걸음마로 기다려야 한다

푹 자고 싶은 잠이거나 혹은 깨어 있고 싶은 의식의 혼례
가 시작되는 검은 장막 자모를 잉태한 만삭으로 그 정원에
머물렀던 것 같다 납작 돌에 앉아서 돌이 된 사람의 검고
검은 세포분열이 확장되어 꼼지락거리는 무한대의 신생

산재한 조산아들 그리고 하혈 터진 온도가 천천히 먼지
를 쓸고 간다 비로소 빛을 발하는 친절한 것들에 신세지
고 싶은 현상

무릎을 세우고 젖동냥을 기다리는 낭하의 시간 무한히
큰 포대기에 싸여 훨훨 날아오르는 쪽방, 홀쭉한 뱃가죽
에 꼼지락거리는 묘비명도 가능하리라

캄캄할수록 자라나는 묘혈, 그 누구도 여기를 찾지는 못
할 터, 펄프 냄새와 잉크와 기저귀의 모래언덕 검푸른 언
어들에 누구나 두 귀를 세워야 한다

—「어둠현상학」 전부

이 시를 관통하는 주제는 창작의 고통과 아픔이다. 하
마단에 이르는 길이다. 그 길은 사막이고 묘혈이며, 죽음
과 생명, 하혈과 해산이다. 그리고 무한과 신생에 대한 기

다림이며 어둠의 빛이다. 여기서 하마단은 고대 페르시아의 실제 고도古都로서 현담 스님이 쓴 시("먼 사막을 향하여 떠나는 산 위엔/ 흰눈이 빛나고/ 페르시아 긴 칼이 서늘하다/ 하마단/ 여기서 이스파한까지는/ 여기서 페샤와르까지는/ 여기서 이슬라마바드까지는/ 여기서 바라나시까지는/ 하마단/ 하마단/ 메마른 내 몸 속에는 아직 무수히 많은 길들이/ 흔들린다/ 지친 낙타의 큰 눈 속에 잠긴 신기루/ 푸르른 호수 가운데/ 먼 길 들꽃처럼 무수히 날린다.")의 제목이기도 하다. 하마단은 부름의 언어로서 사막의 먼지에 해당하며, 그 "먼지(가)/ 사라진 물관의 영혼"(「먼지들」)을 말한다. 딴은, 푸른 호수에 대한 낙타의 눈물이며 간절한 기다림이다. 사막과 흰 눈, 서늘한 기운과 몸속 온기의 대비는 너머와 여기의 경계로서 묘혈의 이미지를 갖고 있다. 누구도 찾지 못하는 이자규 시의 묘혈은 절망이라는 희망이자, 어둠 속에서 피어나는 꽃이다. "검푸른 (玄의) 언어"로 두 귀를 송두리째 열어 두어야 가능한 그것은 "무릎을 세우고 젖동냥을 기다리는 낭하의 시간"과 존재의 다른 명명이기도 하다. 한 편의 시를 위해 "(역한) 펄프 냄새와 (짙은 어둠의) 잉크"는 통과의례와 같은 것. 하혈과 묘혈의 대비는 에드바르 뭉크의 그림 적과 흑의 색채를 연상한다. 어둠의 현상은 언어의 잉태와 사산,

비탄과 감탄의 심리, 그 사이에 있다.

　새로운 서정시에 속하는 「달빛 정크아트·1」("바람은 그저 스쳐 갈 뿐이다/ 역한 핏물이 몸 밖으로 밸 때까지/ 부패의 꿈속으로 매몰되기까지/ 악취가 되기 위한 몰입이었을 팽창/ 터진 비닐봉지 위의 환상 같은/ 달빛이 찾아들었다… 반짝이는 빌딩 숲의 뒷길을 지나다가/ 피투성이 된 달빛이 형이상으로/ 함께 쓰러진다")는 도심의 뒷골목에 버려진 검은 비닐이 주된 모티프로 설정되어 있다. 터진 봉지에서 새어나온 온갖 악취와 부패의 온상은 기실 인간의 욕망이자 동물에 가까운 야생의 본능이다("박쥐를 썰어 먹고 내가, 고양이 간을 꺼내 먹고 내가, 소의 목구멍 깊숙이/ 호스를 디밀어 배가 팽팽하도록 물 먹인 식욕이 나의 야생일지도 몰라", 「달아, 아픈 달아」). 정크와 달빛의 만남, 그것은 이자규 시가 갖는 모던한 서정, 미학적 모더니티에 속한다. 정크아트junk art가 폐품·쓰레기·잡동사니를 뜻하는 정크junk와 아트art의 합성어라면, 일상의 부산물인 폐품을 소재로 한 미술작품으로서 일종의 폐-예술이다. 폐廢와 예술은 언뜻 보아 부조화 내지는 모순 관계로 볼 수 있다. 부서지는 파도는 얼마나 위험하고 아름다운 것인가. 그리고 저마다의 빛과 소리, 색과 향기,

음영을 지니며 죽은 듯 살아있는 들꽃은 또 얼마나 귀하고 아름다운 것인가. 그런 점에서 달빛과 정크가 만나 새롭게 생성된 잡-화엄의 세계는 이자규 시의 절정이자 유니크한 지점이다. 연작 「달빛 정크아트·2」에서는 이러한 어둠의 현상이 보다 직접적으로 제시되어 있다.

내 본성은 어둠이다
유기견, 반려견이다
개뼈다귀 시간의 축제다

치차에서 이탈된 쇳조각아 녹이 슨 바큇살아
몽당빗자루 끝 쓸려 나간 반짝이들아

프레스기 옆에 밟히는 피스들
못대가리들을 달빛이 세우고 있다
시간의 산물은 달빛에 있다
빛을 먹은 樂아
내 머리핀과
내 브로치와
내 안경테
내게 온 선험적 탄생아

나는 달빛의 근육이다

차고 서늘한 관념이다

— 「달빛 정크아트·2」 전부

시인은 묻는다. 나는 누구인가, 내 앞에 가로 놓인 시간은? 나는 어둠의 혼이다. 그 혼은 "몽당빗자루 끝(으로) 쓸려 나간" 채, "치차에서 이탈된 쇳조각"이거나, "녹이 슨 바퀴살"로 드러나 있다는 사실. 그런 "유기견"이거나 "반려견"으로서 버려진 사물과 자아의 시간이다. 문제는 망가질 대로 망가져 만신창이가 된 폐허의 자리에서 피어오르는 달빛의 아우라다. 그것은 얼마나 슬프고도 신비로운 것인가. "달빛의 근육이(자)/ 차고 서늘한 관념"인 나는 "달이 해파리로 보이는 내연을 기다려… 쪽배를 띄울 수만 있다면 내 안의 모든 문을 부수고 네게 갈 것이다"(「나는 해파리일까 달일까」). "달이 해파리로 보이는 내연"의 시간은 바다와 하늘이 만나는 때. 그 불가능의 가능으로서 환幻에 대해 나는 말한다. "숨 쉬고 싶다 달아, 밝아서 아픈 달아"(「달아, 아픈 달아」). 딴은, "프레스기 옆에 밟히는 (무수한) 피스들"은 또 어떤가. 모든 꿈과 희망을 재단裁斷하는 기계 주위로 널부러진 피스들, 즉 이음새는 시와 삶의 생명이다. 그 누운 피스들을 다시 일으켜 세운 것은 순전히 달빛이다("프레스기 옆에 밟히는 피스들/ 못대가리들을 달빛이 세우고 있다"). 달은 시와 존재를 건립한 빛의 정령이며 변화와 흐름의 주체이다. 달빛이 사라져가는 방식으로 현현하는 존재이자 존재의 신비라면, "인간은 사라짐의 방식을 발명한 유일한 종이며 어쩌면 사라짐의 예술"(장 보드리야르)이다. 달무리를 배경으로 시인은 외친다. "빛을 먹은 樂아 … 내게 온 선험적 탄생아". 머리핀의 아름다움과 브로치의 화려함, 안경테의 지성과 시선은 어디로 갔는가. 빛과 어둠, 생명과 죽음은 이제 피스들처럼 흩어졌다 다시 곧추선다. 이자규의 시는 경계를 넘나드는 터이어서 오래된 우물처럼 그 깊이를 알 수가 없다. 그녀는 "맨몸으로 소나기 속 달리는 미친 여자"(「서술적 관능」)다. 하여 그녀가 사는 "산중의 빈집은 영성적으로 다가서야 했다"(「날 좀 안아줘」). 그녀의 시를 다시 엿본다.

못난 버드나무만 베어져 둑 아래 던져졌다
십 년 후에나 읽힐 시를 쓰는 밤
돛대도 없이 삿대도 없이
버들잎들은 물 위로 떠났다

밟히면 밟힐수록 피가 도는 근성

목이 없어서 얼굴 밟히는 꽃

민들레 길 밟은 그날부터 내 목에서는

모래가 섞여 나왔다

　　　　　　　　　　　－「야생의 분석」 일부

　"못난 버드나무(처럼) 베어져 둑 아래 던져"진 인간 실존은 피투(彼投, Geworfenheit)의 존재, 우연이라는 운명이다. 이자규의 시는 그 운명이란 달빛 아래 혼자 울부짖는 한 마리 늑대를 닮아 있어 독특한 음영과 시혼을 지니고 있다. "돛대도 없이 삿대도 없이/ 버들잎들은 물 위로 떠났다". 고독한 시인 이자규가 혹여 "유배의 섬에 갇혀 울대 제거된 짐승으로 살았으면 어"(「방황하는 고독-블라디미르 쿠쉬」)떠했을까? 그녀의 의식과 상상력에는 여전히 자유분방함이 있고, "밟히면 밟힐수록 피가 도는 (야생의) 근성"이 있다. 그 야생은 "배 후미의 푸르디푸른 숨소리 벼랑"(「사문진, 내 어깨에 껌이」) 같기도 하고, 떨어져 나간 목에 얼굴마저 밟힌 민들레를 만난 때에는 "목에서는/ 모래가 섞여 나"오기도 한다. 이자규에게 야생은 죽음("장례식장")과 사랑("예식장")이 공존하는 장소의 탄생, 아니 '흰 개를 보냈던 기억'이다. 외딴집에 폭설이 내리고, "천지가 한 몸 되는 날개는 돋아 … 제 키를 낮추던 산봉우리들마저/ 겹겹 사라지고 그는 쉬지 않고/ 흰 이를 드러내 웃고 있다"(「흰 개를 보냈던 기억」). 죽음 뒤의 웃음은 정녕 어디서 오는가. 야생의 흰 개는, 눈은, 그는 누구인가?

산이 산이 아니라면 개는 개가 아니다. "젊은 여자가 키우던 늙은 개가 강둑으로 달(린)다". "지난 해 갑자기 남편이 세상(을) 뜬 뒤"였다. "며칠 굶었던 개는 달 속에서 허기를 채"운다. "달빛은 죽음처럼 밝"았다. 더는 "떠내려가지 못하고 제자리서 맴도는 개의 터럭(과 터럭)들"(「개는 개가 아니다」). 「개의 비명이 들려주는 문장」에서는 개의 비명(悲鳴, 碑銘)이 있다. 시인은 절집에 가다가 문득 숲 속 어딘가에서 개 패는 소리를 듣는다. "한 광주리 개 뼈를/ 들키지 않게 묻어버리는 손, 핏물처럼 끈적끈적한 바람은 숲의 비밀을"안다. 개의 죽음을 안다. 시인의 참선과 화두는 이제 더 이상의 절집이나 탑돌이에 있지 않으며, 개 짖는 소리에 있다("탑돌이보다 더한 화두로 개 짖는 소리가 온 밤을 할퀴었다"). 이러한 생각은 놀라운 인식의 발견이자 실존의 각성이다. 그 순간 "누군가 손뼉을 쳤을 때 늪에 앉은 새 떼가 일제히 날아오르는 것처럼 사찰 마당의 커다란 무쇠종이 짐승처럼 포효"한다. "소리가 소리에게 자근자근 먹히면서 큰북은 팔만대장경을 두드리기

시작했고 모두가 순해졌다"(「아득한 바다, 한때」). 이자규가
꿈꾸는 시의 마음은 사물과 생명에 대한 사랑과 우주적
연민에 있다. 그러나 시선의 드론drone에는 "온갖 것들의
밤"과 "온갖 것들의 낮"(「드론시첩」)이 있다는 사실. 벌이
날아다니며 웅웅대는 소리를 뜻하는 드론은 의식의 투명
한 소리라기보다는 무의식의 모호한 소리이거나 환각의
이미지에 가깝다. 그것은 '귀신·흡혈·좀비·시체'와
'낮·빛·금·햇발'의 음양 이미지가 한데 뒤엉켜 있는 술
래와 비밀의 사원이거나, "직선을 거절한 몸짓"(「드론시
첩」)이다. 이자규의 시에는 또다른 내재성의 내재성이 있
다.

　　짐승의 아가리 속 같은 연옥도 아닌
　　뿌연 증기 속
　　내 옆 그녀의 몸 문신만 보인다.

　　발등에서부터 어깨에 이르러 내 눈길 끄는 뱀, 검은 뱀
　이 진땀 흘린다

　　그때 내 뱃가죽은 가려움중으로 부풀어 올라 붉게 성났
　던, 거대한 지네였다가 기억을 잃고 형체조차 쇠잔해졌다

몰약 같은 세월, 홀랑 벗은 채 홀랑 비워지는 순간,

아무도 모르게 자꾸만 그녀를 쳐다보게 했다.

— 「들키지 않게 또 보다」 일부

　사우나에서 만난 익명의 여자, 그녀는 문신을 하고 있다. 온몸을 휘감아도는 검은 뱀. 순간 나는 나의 뱃가죽을 본다. 제왕 절개의 흔적이다. 그것은 거대한 지네 같기도 하고 이젠 기억조차 없고 형태마저 흐릿해져 있는, "몰약 같은 세월"이다. 쓰디쓴 희생, 회생의 시간이다. 나는 그녀 몰래 자꾸만 문신에 시선이 간다. 문신의 문(文·紋)은 글의 기원으로서 천지와 마음·몸의 무늬를 말한다. 아닌 게 아니라, "모든 생명과 모든 개별에 대한 모래가 반짝임을 멈추고 생각에 젖어 있"(「그와 쇼난 바닷가를 걸었다」)는 이 자규의 시에는 신체(뇌, 아가리, 뱃가죽, 피, 손, 목, 팔목, 발바닥, 목울대, 머리, 척추, 입술, 살, 어금니, 이마, 쓸개, 대장, 심폐, 콧구멍, 사타구니, 귓속, 발가락, 손가락, 이목구비, 겨드랑이, 몸, 가슴, 심장, 혓바늘, 장루, 신경, 쇄골, 목청, 눈알, 눈물, 다리, 앞니, 뼈, 숨, 견갑골)를 매개로 한 죽음과 생명의 시편들이 많다. 이 가운데 '장루腸瘻'를 "일인용 집"(「일인용 집」)으로 상상한 대목은 특기할 만하다. "벌레 잡는 제비꽃 위/ 진딧물이 하늘을 들어 올린 채 날고 있다"(「벌레잡이 제비꽃」)는 장면도 이와 다르지 않다. 벌레잡이 제비꽃은 날아다니는 작은 곤충이 잎에 앉으면 굴촉성屈觸性이 있어 비교적 빠르게 잎의 표면적을 넓혀 먹이를 말거나 그릇 모양을 만들어 담는다. 해충인 "진딧물이 하늘을 들어 올린 채 날고 있다"는 대목에서는 무엇이 참된 아름다움이고 힘인지, 몸(신체)이고 마음(영혼)인지를 다시금 생각하게 된다. 그리고 "찐 옥수수와 옥수수제비/ 뻥튀기와 옥수수막걸리/ 옥수수빵과 옥수수샐러드"(「벌레잡이 제비꽃」)에서는 말의 재미와 리듬감이 느껴진다.

달빛, 십 년 후에나 읽힐

이자규의 시와 세계는 다른 서정을 지향하며 느낌의 실재를 추구한다. 시어와 이미지, 관찰과 상상, 발상과 전개에 있어 그녀는 결코 둘을 허용하지 않는다. '달빛 정크'에서 보듯이 시인은 일말의 경계를 무화시키며, 서로 대립적인 것들을 보다 높은 차원에서 새롭게 통합하는 능력을 발휘한다. 카메라 옵스큐라(camera obscura, 카메라의 조상으로 사진 이미지가 만들어지는 원리. 캄캄한 방 한 쪽 벽에 작은 구멍을 뚫어 빛을 통과시키면 반대쪽 벽에 외부의 풍경이 거꾸로 나타나는 현상)나 하모노그래프(Harmonograph, 고조파. 진자를 사용하여 기하학적 이미지를 만드는 기계 장치)의 설정도 그런 점에서 예각적 시선과 심안이 아니면 포착하기 어려운 초점 영역들이다. 이자규의 시힘은 종합적이면서도 분석적이고, 구체적이면서도 추상적인 데 있다. 그녀의 시를 대하면 표현주의 시나 초현실주의 회화를 마주하는 듯하다. 구어체와 문어체의 혼용, 공무空無의 감수성은 "무반주로 들려주는 행성"(「무반주행성으로 나는」)의 세계라 할까, "반짇고리우주"(「바늘겨레」) 같은. 한편으로, "가볍지 않은 생각이/ 가볍지 않은 바람을 앓히면/ 소리 없는 말이 그려"(「돌과 나비」,『돌과 나비』)지듯이, 이자규의 시에는 "모래와 바람이 뒤섞인 마음의 오지"(「안개지형도」)가 있다. 침묵의 형이상학과 도도한 고요가 있다. 생각하면, 우리가 미처 알지 못하는 피와 땀과 눈물로 점철된 생의 시인 이자규, 그녀의 깊은 내면과 "견고한 시간"은 이번 시집에서 더욱 빛을 발한다. 자규는 하나의 목소리, 목소리의 현상이다. 조르조 아감벤의 말처럼 여인이면서 소녀이고 처녀이면서 어머니인 코레Core, 페르세포네의 신비롭고 비결정적인 형상이다. 이번 시집은 지금 당장이 아니라, 어쩌면 몇십 년 후에나 읽힐지도 모른다. 바다의 밀물과 썰물이 그렇듯,

"모든 것이 지나가고 모든 것(이) 오고 있다". 그런 지금
은 "누룩 술독을 풀어서 체에 내"(「술 익는 소리가 내 귀를 달라
했다」)리고, "호명을 멈추지 않는 울림의 혓바닥이 축생의
등을 핥"아야 할 때.

　　누군가 손뼉을 쳤을 때 늪에 앉은 새 떼가 일제히 날아
오르는 것처럼 사찰 마당의 커다란 무쇠종이 짐승처럼 포
효하자 시키지도 않은 합장을 한 귀들이 모이기 시작했다
소리가 소리에게 자근자근 먹히면서 큰북은 팔만대장경
을 두드리기 시작했고 모두가 순해졌다 일몰을 들어 올리
고 산사를 들어 올리고 꿈쩍없이 수많은 발길들이 잡히고
손가락 없이 달팽이관 청소가 시작되고 입술이 말랐다 그
리고 … 그림자도 몰고 갔다 연대기적 순서에서 호명을
멈추지 않는 울림의 혓바닥이 축생의 등을 핥았다 소리는
모감주나무를 잡아놓고 그사이 은사시나무를 잡았다 몰
매에 잡혀 몸 없는 것에 할퀴고 싶은 사람들,

— 「아득한 바다, 한때」 일부

아득한 바다, 한때

지은이 | 이자규

초판 1쇄 발행 | 2021년 5월 5일

펴낸이 | 신중현
펴낸곳 | 도서출판 학이사
출판등록 | 제25100-2005-28호

대구광역시 달서구 문화회관11안길 22-1(장동)
전화_(053) 554-3431, 3432   팩시밀리_(053) 554-3433
홈페이지_http://www.학이사.kr
이메일_hes3431@naver.com

ISBN_979-11-5854-296-2   03810